LES DELICES DE LA POËSIE GALANTE.

Table des Pieces contenuës dans ce Volume.

LES DELICES

DE LA POËSIE GALANTE,

Des plus Celebres Autheurs
de ce Temps.

TROISIESME PARTIE.

A PARIS,

Chez IEAN RIBOV, au Palais, vis à vis la Porte
de l'Eglise de la S. Chapelle, à l'Image S. Louis.

M. DC. LXVII.

AVEC PRIVILEGE DV ROY.

A MONSEIGNEVR
MESSIRE HENRY
LOVIS HABERT,
CHEVALIER, COMTE

du Mesny-Habert, Seigneur de Monmort, la Brosse, le Peray, le Fargis, & autres Lieux, Conseiller du Roy en tous ses Conseils, & Doyen des Maistres des Requestes ordinaire de son Hostel, &c.

ONSEIGNEVR,

Si ie passe aupres de Vous pour importun, vous ne vous en deuez prendre qu'à Vous-mesme: Vous me receustes si bien, quand ie pris la liberté

EPISTRE.

de vous dedier un Liure il y a déja
quelques Années, que le ressouuenir de
vos bontez m'a engagé à vous impor-
tuner encore apres auoir si heureusement
reüssy la premiere fois. I'ay long-temps
douté quel Liure ie vous offrirois ; mais
apres auoir connu que ie n'en pouuois
trouuer de dignes de vous, que ie ne
deuois dé lier qu'un Ouurage conside-
rable au Doyen des Maistres des Requestes, qui remplit si dignement cette
place, qui a les aplaudissemens de tout
le monde, & qui donne de l'éclat à sa
Charge, quelque grande qu'elle soit d'elle-
mesme : Oüy, dis-ie, MONSEI-
GNEVR, apres auoir consideré toutes
ces choses, i'ay douté long-temps de ce
que ie deuois faire, & peut estre serois-
ie encore dans cette incertitude, si les

EPISTRE.

Muses ne m'eussent appris que vous n'estes pas leur ennemy. Ie me suis ressouuenu aussi-tost que vous estes de l'Academie, & que vous vous delassez quelquefois parmy les beaux Esprits, des grandes & serieuses occupations que vous donnent vostre Charge. C'est cette pensée, MONSEIGNEVR, qui m'a fait resoudre à vous dédier vn Recueil des Pieces les plus galantes de ce temps, & qui sont dans vne estime generale. I'espere qu'elles auront le bonheur de vous diuertir ; & quand elles ne me produiroient point d'autre auantage que celuy-là, i'aurois lieu d'en estre content, puis que ie suis,

MONSEIGNEVR,

Vostre tres-humble, & tres-
obeïssant Seruiteur,
I. RIBOV.

Extrait du Priuilege du Roy.

PAr Grace & Priuilege du Roy, donné à Paris le
14. jour de Septembre 1663. Signé, Par le Roy
en son Conseil, LABORIE, & scellé de cire jaune:
Il est permis à IEAN RIBOУ, Marchand Libraire à
Paris, d'imprimer ou faire imprimer, vendre & dis-
tribuer vn Liure intitulé, *Les Delices de la Poësie &*
diuersité Galante, des plus celebres Autheurs de ce
temps, en vn ou plusieurs Volumes, & ce durant le
temps & espace de neuf années, à commencer du
jour que ledit Liure sera acheué d'imprimer pour la
premiere fois : Et defenses sont faites à tous Li-
braires & Imprimeurs, ou autres personnes, de
quelque qualité & condition qu'elles soient, de
l'imprimer, faire imprimer, vendre & debiter, sans
le consentement de l'Exposant, ou de ceux qui auront droiⁿt de luy, à peine aux contreuenans de trois
mille liures d'amende, confiscation des Exemplaires
contrefaits, & de tous despens, dommages & inte-
rests, ainsi que plus au long il est porté par ledit
Priuilege.

Registré sur le Liure de la Communauté, suiuant
l'Arrest de la Cour de Parlement du 8. Avril 1653.

Acheué d'imprimer le 7. Avril 1667.

LES DELICES DE LA POESIE GALANTE.

TROISIESME PARTIE.

EDIT DE L'AMOVR.

AMOVR, Maiſtre de l'Vniuers,
Par la Grace de la Nature,
A tous ceux qui verront ces Vers,
Salut, & galante auanture.
Tout le Monde connoiſt aſſez,
Sans qu'il ſoit beſoin de le dire,

Tome III.   A

Les abus qui se font glissez
En diuers lieux de noftre Empire,
Nous auons diféré cent fois
D'y remedier par nos Lois;
Tantoft perfuadez qu'au milieu des alarmes,
Du tumulte & du bruit des Armes,
On entendroit peu noftre voix:
Et tantoft occupez à vaincre par nos charmes
Vn Roy le plus puiffant des Roys.
Apres qu'vn Cœur plus grãd que la Terre n'eft grãde
A flechy fous noftre pouuoir,
Il n'eft plus de faifon que perfonne prétende
De ne pas faire fon deuoir:
Mais parce que fur tout en France,
Comme dans le Climat que nous aimons le plus,
Et l'ordinaire Lieu de noftre refidence,
Il nous eft important de regler les abus
Qu'auoît des derniers Temps introduits la Licence,
Apres que pendant plufieurs jours
Nous auons eu fur cette affaire
L'auis de Vénus noftre Mere,
Et de nos Freres les Amours;
Enfin dans noftre Cour pleniere,
Seant auec les Ieux, les Graces, & les Ris,
Nous auons reglé la maniere
Dont nous voulons qu'on aime en l'Empire des Lys,

I.

Celuy qu'auront charmé les attraits d'vne Belle,
Déura, pour obseruer quelque forme auec elle,
Faire parler les Soins dans les commencemens:
Mais s'il veut qu'on réponde à son ardeur extrême,
Ils n'en parleront pas longtemps
Sans qu'il en parle aussi luy-même.

II.

S'abandonner à la langueur,
Dans vne passion naissante,
Est vn moyen mal propre à s'introduire au Cœur;
La joye est plus insinuante:
C'est pourquoy nous voulôs que les noūueaux Amãs,
Malgré la regle des Romans,
Prennent-deformais cette voye:
Mais lors que de leurs soins ils verrôt qu'on fait cas,
Et pourront se flater de ne déplaire pas,
Qu'ils fassent succeder la langueur à la joye,
Qu'ils laissent entreuoir quelques chagrins legers;
Enfin que l'on parle, & qu'on croye
Qu'on ne parle point aux Rochers.

III.

La Couſtume d'écrire, autrefois établie
Par quelques timides Am ans
Qui n'oſoient teſte à teſte auoüer leurs tourmens,
Nous voulons deſormais qu'elle ſoit abolie.
Quand d'vne vaine peur vn Amant alarmé
N'oſe dire en face qu'il aime,
Il trahit ſon deuoir, il ſe trahit luy-même,
Et n'eſt pas digne d'eſtre aimé.

IV.

Ce ne ſont ny les ſoins, ny le reſpect extréme,
Ny les ſoûpirs, ny les pleurs meſme,
Qui font croire qu'on eſt Amant;
Pour bien perſuader qu'on aime,
Il ne faut qu'aimer ſeulement.

V.

Du reſte, on ne doit pas s'attendre
Que nous nous arreſtions à vouloir éclaircir
Comme il faut declarer vne paſſion tendre;
On auroit plus de peine à n'y pas reüſſir,

Qu'on n'en auroit à s'y bien prendre.
Qu'en ce poinct donc chaçun ſuiue ſon propre ſens,
    Aſſeuré par l'Amour luy-méme,
Qu'il eſt bien malaiſé de dire que l'on aime,
    Et de le dire à contretemps.

V I.

Si l'aueu cependant qu'il fera de ſa flame,
    Fâche, ou ſemble fâcher la Dame,
Qu'il témoigne en auoir vne extréme douleur,
    Mais qu'en ſon ame il la modere,
    Comme il doit juger qu'en ſon cœur
    Elle modere ſa colere.

V I I.

Ce n'eſt pas toutefois qu'il faille que l'Amant
Ait ſi peu de chagrin du courroux de la Belle,
Qu'il ne ſoit tres-ſenſible à tout ce qui vient d'elle,
    Soit fierté, ſoit déguiſement.
Se vouloir appliquer à faire vne conqueſte,
    Et garder toute ſa froideur,
C'eſt auoir bien plutoſt vn deſſein dans la teſte,
    Qu'vne paſſion dans le cœur.
              A iij

VIII.

Qu'il luy témoigne donc qu'il se fait vn suplice
De sa moindre froideur, de son moindre caprice;
Qu'il craigne sa colere à l'égal du trépas:
    Mais que quelquefois il agisse
    Comme s'il ne la craignoit pas.
    C'est vne Maxime éternelle,
    Que si iamais il ne fait rien
    Pour se mettre mal auec elle,
    Iamais il ne s'y mettra bien.

IX.

    Mais de tout ce qu'il déura faire,
    S'il veut aprendre à bien juger,
Qu'il consulte les yeux qui sçeurent l'engager;
    C'est dans les yeux de la Bergere
    Qu'on connoist l'heure du Berger;
C'est là qu'on peut sçauoir côm'il faut qu'on profite
    Des bons moûuemens qu'elle aura:
L'Heure en chiffres d'Amour en ses yeux est écrite,
    Et qui sçaura lire, lira.

X.

Que si par son ardeur diserte
On vient à conquerir vn Cœur,
Et que par vne heureuse & derniere défaite
On sçache en habile Vainqueur
Rendre sa victoire complete;
Que sans se relâcher de sa premiere ardeur,
On se fasse toûjours vn souuerain bonheur
De la conqueste qu'on a faite.
Vn Ennemy qu'on a reduit,
Donne sans doute de la gloire:
Mais en vain l'on remporte vne illustre victoire,
Si par sa negligence on en corrompt le fruit.

X I.

Quelque bien qu'on puisse estre auec sa Maîtres,
Nous voulons que l'on garde vn certain procedé
Plein de soin, de délicatesse,
Où toûjours auec la tendresse
Le respect soit accommodé;
C'est par là qu'vn Amant dans le cœur s'insinuë,
Et c'est aussi par là qu'il faut qu'il continuë,
S'il ne veut que bientost on cesse de l'aimer:

A iiij

On prétendroit en vain de nourir vne flame,
Si l'on ne l'entretient dans l'ame
Par les mesmes moyens qui sçeurent l'animer.

XII.

Aussi pour exciter tout le Monde à bien faire,
Nous desauoüions hautement
Toute espece d'attachement
Qui n'aura point ce caractere.
Lors que la Maistresse & l'Amant
Tombent dans le relâchement
D'vne honteuse nonchalance,
Ou que le seul emportement
A formé leur intelligence;
Alors, pour parler proprement
Du commerce qu'ils ont ensemble,
Ce n'est plus en effet Amour qui les assemble,
Ce n'est plus que débauche, ou fade amusement.

XIII.

S'il faut qu'vn démeslé suruienne
(Comme il ne manquera iamais)
Que toûjours l'Amant se souuienne
De chercher le premier à refaire la paix:

On peut ou par dépit, ou par délicatesse,
Contre les autres gens tenir jusqu'à la mort;
 Mais il faut contre sa Maiftresse
 Croire toûjours que l'on a tort.

XIV.

Souuent pour réchauffer vne ardeur languiffante,
 Vn peu d'abfence fait grand bien:
Mais lors qu'elle eft trop longue, ou deuient trop
 Le remede alors n'en vaut rien. (frequête,
  Enfin, pour dire dauantage,
  Il eft danger eux d'eftre abfent;
  Car il eft plus d'vn Cœur volage,
Qui pareil au Miroir, ne conferue l'image
  Que tant que l'objet eft prefent.

XV.

  Comme fouuent la jaloufie
Trouble de nos Sujets la paix, & le bonheur;
Et que nous n'auons rien qui nous foit plus à cœur,
Que de bien affeurer la douceur de leur vie;
  Nous leur recommandons à tous
D'éuiter, s'il fe peut, de deuenir jalous;
  C'eft tout ce que nous pouuons dire.

Car enfin là-deſſus que pouuoir ordonner,
Si loin d'auoir rien à preſcrire,
Nous ne ſçauons pas meſme vn conſeil à donner?

XVI.

Si quelqu'vn bien traitté des Belles
Fait des faueurs qu'il obtient d'elles,
Vn trofée à ſa vanité;
Qu'il ſoit par tout ſi mal-traitté,
Qu'il ne trouue que des cruelles
Publier les bienfaits qu'on reçoit de quelqu'vn,
C'eſt, ſuiuant l'vſage commun,
De la reconnoiſſance vne marque tres-claire:
En Amour c'eſt vne autre affaire,
On la fait mieux paroiſtre à les diſſimuler:
Enfin l'ingratitude eſt ailleurs à ſe taire,
En Amour elle eſt à parler.

XVII.

Ceux qui joüant la Comedie
Sous le perſonnage d'Amans,
En tous lieux content des tourmens
Qu'ils n'ont reſſentis de leur vie,
Sont par Nous declarez ennemis de nos Lois;

Et nous voulons qu'en confequence
Tous nos Sujets qui font en France,
Leur coure fus comme aux Anglois.

XVIII.

Les Graces, ces Filles charmantes,
S'eftant plaintes à Nous, que depuis cinquante ans
Les Poëtes & les Amans
En font d'éternelles Suiuantes;
Nous, confiderant meurement,
Que fans elles rien ne peut plaire,
Et que nous ne regnons que par leur miniftere,
Nous defendons expreffément
A tout Poëte, à tout Amant,
De les traitter iamais d'vne telle maniere;
Et voulons que d'orefnauant,
Au lieu de demeurer derriere,
Elles paffent toûjours deuant.

XIX.

Nous voulons que ces Ordonnances,
Reglemens, Statuts, & Defenfes,
S'obferuent deformais dans l'Empire François,
Comme d'inuiolables Lois,

A vj

Sans qu'on puisse aller au contraire,
(Car tel est nostre bon plaisir.)
Que si quelqu'vn trop témeraire,
Contreuient à nostre desir;
Pour voir son audace suiuie
Du plus grand châtiment qui puisse estre exprimé,
Qu'il soit Amant toute sa vie,
Et qu'il ne soit iamais aimé.

L'HEVRE
DV BERGER.

L'Art de plaire est vn Art, ou vain, ou mensonger,
S'il ne nous instruit pas de l'heure du Berger;
De cet Art curieux c'est là le plus vtile,
Et de la rencontrer il n'est pas trop facile:
Le beau Sexe en amour aime à dissimuler,
Et nous paroist glacé quand il se sent bruler;
Lors que la passion dans son ame domine,
Il ne s'explique pas, & veut que l'on deuine:
Mais malgré sa froideur, des signes éuidens
Découurent au dehors les flames du dedans.
Lors que l'ambitieuse est douce, & s'humilie,
Que l'humeur gaye incline à la mélancolie,
Et que la reseruée a des emportemens,
C'est là l'heure infaillible, & les heureux momens,
Leur procedé nouueau, & leurs humeurs changées,
Montrent que sous ses Loix Amour les a rangées;

Et leur Esprit soûmis fait voir visiblement
Qu'on a tout surmonté, jusqu'au tempérament.
Chacun ne sçait que trop, que pour vne conqueste,
Qu'on ne peut reüssir, si ce n'est teste à teste;
On découure bien mieux tous ces amoureux soins,
L'Amour & la Pudeur n'aiment pas les témoins:
Les petits Cabinets, les Bois, & les Ruelles,
Sont propres aux larcins que l'on fait sur les Belles;
Et celles qui soûuent nous resistent le jour,
La nuit se laissent vaincre, & tout cede à l'Amour.

L'Aurore aussi par fois des Amans est amie,
Lors qu'elle ouure les yeux d'vne Belle endormie,
Que le foible rayon au poinct de son réueil
S emble participer des erreurs du Sommeil,
Que son bras sur son lit nonchalamment s'alonge
Par le resouuenir d'vn agreable songe
Qui flate encor ses sens par son illusion.
On peut tout entreprendre en cette occasion;
L'on obtient aisément aussi ce qu'on souhaite,
Apres vne querelle, & que la paix est faite.
Celle qui d'vn Amant accorde le pardon,
Ne veut pas auec luy se broüiller tout de bon;
On n'ose pas si-tost se remettre en colere
Contre vn cœur repentant, & qui tâche de plaire;

En excusant la faute, on approuue les feux ;
Et qui fait vne grace, en peut bien faire deux.

❧

Quand l'Amant se declare auec vne orgueilleuse,
Que dans ce mesme instant elle deuient réueuse,
Et qu'au lieu de blâmer vn si noble entretien,
Elle baisse la veuë, & ne luy répond rien ;
Ses timides regards, & son profond silence,
Montrent de son amour la grande violence ;
Qu'elle n'est pas d'humeur à luy rien refuser ;
Et quiconque a tout dit, peut alors tout oser.

❧

Lors qu'en termes si doux l'Amāt dit son martyre,
Que l'Amante touchée elle-mesme soûpire,
Il doit de ses soûpirs faire fort grand estat,
Et les prendre toûjours pour signe du combat ;
Il doit en mesme temps attaquer cette place,
Et ne la peut manquer, s'il ne manque d'audace.
S'il faut estre prudent pour ménager vn cœur,
Il faut ne craindre rien pour en estre vainqueur :
Le respect en public est de la bienseance,
Mais il faut seul à seule vn peu de violence,
A d'amoureux transports il faut s'abandonner,
Et rauir les faueurs qu'on veut bien nous donner.

C'eſt vne marque encor que le cœur ſe veut rendre,
Quand la Dame ſe plaint, fait vn reproche tendre,
Qu'elle accuſe vn Amant d'auoir trop peu d'amour,
Bien que ſa paſſion éclate chaque jour;
Qu'il aſſure qu'il n'aime, & qu'il n'adore qu'elle,
Que ſon deſir ardent luy prouue enfin ſon zele,
De tous ſes beaux diſcours ſes ſens peu ſatis faits
Témoignent clairement qu'elle veut des effets.

❧

Quand vne belle Dame eſt dans la Solitude,
Et qu'vn fâcheux exil fait ſon inquietude,
Lors que loin de la Cour rien ne la peut tenter,
Si quelque Homme galant s'en va la viſiter,
Dont l'entretien luy plaiſe; & le merite eſt rare,
De ſes faueurs alors elle n'eſt point auare,
Dans ſon Deſert affreux il luy paroiſt vn Dieu,
Et tout eſt fauorable, & le temps, & le lieu.

❧

Au ſortir d'vn Tournois d'vne illuſtre Aſſemblée,
Où de gloire & d'honneur vne Amante eſt comblée,
Lors qu'vn Amant s'éleue entre mille Beautez,
Luy donnant tous les prix qu'il en a rapportez,
Chez elle à ſon retour, dans l'excés de la joye,
Aux vœux du Bienfacteur l'orgueil la liure en proye;

Il fait, s'il est hardy, tout autant que discret,
D'vn triomphe public, vn triomphe secret.

❦

Au jour plein de plaisir d'vn Festin magnifique
Qu'vn Amant liberal donne auec la Musique,
Sous des feüillages verts, où d'amoureux accens
Endorment la raison, & réueillent les sens;
Si l'Amant s'apperçoit que l'Amante est allée
Pour s'entretenir seule en quelque sombre Allée,
La trouuant à l'écart, il doit tout esperer,
Et croire qu'elle auoit dessein de s'égarer.

❦

Celuy qui veut gagner le cœur d'vne Coquette,
Doit la flater toûjours, dire qu'elle est parfaite,
Loüer jusqu'aux defauts ; & s'il veut en joüir,
Par la pompe & l'éclat il la faut ébloüir,
Auoir de beaux habits, vn superbe équipage,
N'enuoyer ses Billets iamais que par vn Page,
Contrefaire toûjours l'Homme de qualité,
Et luy sacrifier quelque illustre Beauté:
On luy fait grand plaisir, alors que l'on déchire
La Beauté qui l'efface, & que chacun admire;
Elle veut à ses yeux la voir pousser à bout;
Aprés ce grand seruice, elle accordera tout.

Pour gagner vne Prude, on fait tout le contraire,
Il faut sçauoir longtemps & souffrir, & se taire,
Auoir bien du mérite, & ne s'en pas vanter,
En public, seul à seul, toûjours la respecter,
Choisir pour la loüer, le temps de son absence,
Et faire adroitement qu'elle en ait connoissance:
Mais le plus grãd seruice, qui s'en veut faire aimer,
C'est de fermer la bouche à qui l'ose blâmer,
Côtre tous, en tous lieux, prédre en main sa querelle,
Et soutenir qu'elle est aussi sage que belle,
Contre la calomnie hautement la seruir,
Et luy sauuer l'honneur, afin de la rauir.

Lors qu'vne jeune Fille, & d'vne humeur galante,
Voit le jour d'vn Hymen sa Riuale contente,
Qu'elle assiste au Contract, à tout, hors au plaisir,
Cet exemple amoureux allume son desir;
Le portrait qu'on luy fait de sa Compagne heureuse,
D'vn mystere inconnu la rend si curieuse,
Que qui traitte l'amour de la belle façon,
La dispose aisément d'en prendre vne leçon.

Quand la Veuue eſt auſſi dans la fleur de ſon âge,
Qu'elle n'a plus au front ny bandeau, ny nuage,
Et que ſon embonpoint augmente ſes beautez,
Sans nous faire pitié, dit ſes neceſſitez,
Qu'elle plaint doucement les malheurs d'vne Veuue,
La plainte de ſa flame eſt vne ſeure preuue;
Vn bon Conſolateur, vn Eſprit délicat,
Luy fait rompre ſon jeûne auec le Celibat.

Lors que contre vn Mary la Femme eſt irritée
De ſe voir d'vn jaloux ſans ſujet mal-traittée,
Qui l'accable d'ennuy par mille ſoupçons vains,
Et dont la mine baſſe augmente ſes dédains;
S'il la nomme infidelle alors qu'il la mal-traitte,
De dépit, de colere, elle le fait Prophete;
L'Amant luy fait plaiſir, qui s'offre à la vanger;
Et l'heure du dépit, eſt l'heure du Berger.

Voila les beaux ſecrets, les ſubtiles fineſſes,
Par où l'on peut gagner les plus fieres Maiſtreſſes:
Il n'eſt pas trop aiſé de pouuoir inuenter
Quelques nouueaux moyens propres pour les flater,

Si i'ay tendu les rais où les Cœurs se font prendre,
I'ay bien fait voir aussi côme il s'en faut defendre:
I'ay feruy le Public par ce fard amoureux,
Les pieges découuerts en font moins dangereux,
Les Dames profitant des auis que ie donne,
Il faut que ce beau Sexe en foule m'enuironne;
Et s'il ne pretend pas de passer pour ingrat,
De cet ouurage vtile il faut qu'il fasse estat:
Vn honneur pour le moins doit estre mon partage
Pour mille que mes Vers sauueront du naufrage;
Et la plus genereuse aux yeux de mes Riuaux,
Doit de sa belle main couronner mes trauaux.

REQVESTE
DES AMANS,
CONTRE LES FILOVX.

PRince le plus aimable, & le plus grand des Roys,
Nous venons implorer le secours de vos Loix:
Tout l'Estat Amoureux vous adresse ses plaintes,
Vous seul pouuez calmer nos soucis & nos craintes,
Vous seul pouuez nous faire vn sort qui soit plus doux;
L'Amour mesme ne peut nous rédre heureux sâs vous;
La Nuit si fauorable aux flames amoureuses,
A beau nous preparer les faueurs précieuses;
Sans respecter ce Dieu, les Voleurs indiscrets
Troublent impunément ces mysteres secrets:
Chaque jour leur audace éclate dauantage,
On ne va plus la nuit sans souffrir quelque outrage;
On trompe d'vn jaloux les regards curieux,
Mais d'vn Filoux caché l'on ne fuit point les yeux:
Comme on n'ose marcher sans auoir vne escorte,
On ne peut se glisser par vne fausse porte;

Et seul au rendez-vous si l'on veut se trouuer,
On est des-habillé auant que d'arriuer.
La Nuit, dont le retour ramenoit les delices,
Ces paisibles momens à l'Amour si propices,
Destinez seulement à de tendres plaisirs,
Ne sont plus employez qu'à de fâcheux soûpirs,
Les Marys rasseurez, les Meres sans alarmes,
D'asyn si grãd desordre ont sçeu trouuer des charmes,
La nuit n'est plus à craindre à leur esprit jaloux,
Ils dorment en repos sur la foy des Filoux,
Ils aiment le plaisir qui nous tient en contrainte,
Et la frayeur publique a dissipé leur crainte.
O vous, qui dans la paix faites couler nos jours,
Conseruez dans la nuit le repos des Amours;
Que du Guet surueillant la nombreuse Cohorte
Nous serue à l'auenir d'vne fidele escorte;
Qu'ils sauuent des Voleurs tous les Amans heureux,
Et souffrent seulement les larcins amoureux;
Qu'ils nous ostét la crainte, & qu'en toute assurance
Nous goustions les plaisirs de l'ombre & du silence;
En faueur de l'Amour finissez nostre ennuy,
Vous n'auez pas sujet de vous plaindre de luy:
Ce Dieu, dont le pouuoir domine tous les autres,
En vous donnát ces Loix, séble auoir pris les vostres,
Il garde pour vous seul ce qu'il a de plus doux,
Il commande par tout, & n'obeït qu'à vous,

Il separe de vous l'éclat de la Couronne,
Et fait qu'on aime en vous vostre seule personne.
Plaisir, que rarement les Roys peuuent gouster,
Et duquel toutefois vous ne pouuez douter,
Ainsi puisse le Ciel, pour vous faire justice,
Au moindre de vos vœux estre toûjours propice,
Epargner vos souhaits, préuenir vos desirs,
Et remplir vostre cœur de joye & de plaisirs:
Mais cóme il n'é est point hors l'amoureux Empire,
Et qu'vn Roy ne peut estre heureux s'il ne soûpire,
Puissiez-vous de l'Amour secrettement charmé,
Toûjours fort amoureux, estre toûjours aimé;
Et sans vous desirer de nouuelles conquestes,
Puissiez-vous demeurer en l'estat où vous estes.

✿✿✿✿✿✿✿✿✿✿✿✿✿✿✿✿✿✿
✿✿✿✿✿✿✿✿✿✿✿✿✿✿✿✿✿✿

REPONSE
DES FILOVX,
A LA REQVESTE DES AMANS.

PRince, dõt le seul nom fait trébler tous les Roys,
Suspendez vn moment la rigueur de vos Loix,
Souffrez que les Voleurs vous demandent justice
Contre de faux Amans tout remplis d'artifice:
Si l'on les croit, ils sont de nous fort mal-traittez,
Nous nous opposons seuls à leurs felicitez,
Nous troublôsleursplaisirs, les nuits lesplus obscures
N'ont plus pour leur amour de douces auantures.
Où sont-ils les Amans que nous auons volez?
Cõmandez qu'on les nõme, & qu'ils soient enrôlez,
Helas! depuis dix ans que nous courons sans cesse,
Nous n'auons pû trouuer ny Galants, ny Maistresse,
Et pour nostre malheur, nous n'auons iamais pris
Ny Portraits précieux, ny Bracelets de prix:
En vain sans respecter Plumes, Soutane, & Crosses,
Nous auons arrestez & Chaises & Carrosses;

Nous ne trouuons iamais où s'adreſſent nos pas,
Que Plaideurs, que Ioüeurs, que chercheurs de repas,
Que Courtiſãs chagrins, que chercheurs de fortune,
Dont la foule, grand Roy, ſouuent vous importune:
Mais de tendres Amans, vrais Eſclaues d'Amour,
On n'en trouue la nuit auſſi peu que le jour.
C'eſtoit au temps jadis que les Amans fidelles,
Pour tromper les Argus, montoient par les échelles,
Qu'on les voloit ſãs peine au premier poinct du jour,
Et qui cachoient leur vol autant que leur amour.
Sous voſtre grand Ayeul, d'amoureuſe memoire,
Les Filoux nos Ayeux, celebres dans l'Hiſtoire,
Ne paſſoient pas de nuits ſans prendre à des Amans
Des Portraits enrichis d'or & de diamans;
Et chacun ſans Placet, ſans tant de doleance,
Rachetoit ſon Portrait, & payoit le ſilence.
C'eſt ainſi qu'on aimoit en ce Siecle ſi doux,
Sous vn Prince charmãt qu'on voit reuiure en vous:
Mais aujourd'huy qu'Amour daigne ſuiure la mode,
Que le moindre reſpect paſſe pour incommode,
Nous trouuõs tout au plus quelques pauures Coquets
Qui n'ont iamais ſur eux que des Madrigalets:
Ils courent nuit & jour, ſe tourmentans ſans ceſſe,
Sans iamais enrichir ny Voleurs, ny Maiſtreſſe.
Qu'ils marchent hardiment! ils font peu de jaloux,
Et n'ont à redouter ny Marys, ny Filoux.

Tome III.   B

Pour tous leurs rẽdez-vous ils peuuét prẽdre escorte,
Sans besoin de la nuit, ny de la fausse porte:
Mais la licence regne auec tant d'excés,
Qu'ils osent bien se plaindre, & donner des Placets
Ne les écoutez pas, ils sont pleins d'artifice,
Prononcez cet Arrest tout remply de justice;

    Vn Amant qui craint les Voleurs,
    Ne merite point de faueurs.

PROCVRATION
D'AMOVR.

FVt preſent deuant Nous Notaires du grãd Dieu,
Dótle ſacré Carquois ſe fait craindre en toutlieu,
Et qui pour triompher, ne veut pas d'autres armes
Que la ſeule douceur de ſes aimables charmes,
Tendre & diſcret Amant Meſſire Endimion,
Toûjours ferme & conſtant en ſon affection,
Demeurant dans Erice, au Cœur percé de fléches,
Où l'on voit mil Amours entrer en mille bréches,
Qui pour ſon Procureur Apollon a commis,
L'vn de ſes Coïfidens & plus fidels Amis,
Auquel pour cet effet il a donné puiſſance,
Ainſi comme pour luy, d'agir en ſon abſence
Pres de ſa chere Amante, à qui l'œil du Soleil
Dans ſon vaſte contour ne voit rien de pareil,
Et dans qui le Deſtin propice & fauorable
Eut ſoin de renfermer tout ce qu'on voit d'aimable:

Et donne d'abondant au sufdit Apollon
Ledit Conftituant Noble Homme Endimion,
Plein pouuoir de toucher des mains de la Rebelle
Ce qu'elle peut deuoir à fon amour fidelle;
En vn mot, d'en tirer tout le plus qu'il pourra,
Bons mots, bons entretiens, faueurs, & cætera;
Luy bailler du receu décharge fuffifante,
Telle que cette Belle en demeure contente;
Et que fur le refus par fa feuerité
De payer les falaires à fa fidelité,
De la faire appeler au Tribunal d'Erice,
Pour s'y voir condamner à payer fon feruice,
Et fuiuant l'équité d'vn juridique Arreft,
Rembourfer fon amour, auec l'intereft,
Mefme la prendre au corps, en cas que l'inhumaine
Ne voulut de douceur reconnoiftre fa peine;
A charge toutefois par ledit Procureur
Qu'Endimion commet de fon bien Receueur,
De rendre vn compte exact fi-toft que fa conduite
Pourroit enfin tirer d'vne jufte pourfuite.
Ne defire & n'entend ledit Conftituant,
Que fondit Procureur, en qualité d'Agent,
Dans cette qualité aucun autre il fubroge,
Voulant expreffément, au cas qu'il y déroge,
Et qu'il fouffre qu'vn tiers luy prefte fon fecours,
Qu'il foit décheu du droict de traiter fes Amours.

Fait ainſi que deſſus, és Etudes d'Erice,
Preſens à cet Ecrit, Alçandre, & Berenice,
Enuiron le midy, juſtément dans le jour
Qu'on commence à cõpter les Kalandes d'Amour,
Par nos Cœurs aſſeruis à l'amoureux Empire,
Et de noſtre Priſon l'an mil ſix cent le pire.

VERS ENVOYEZ
A MADEMOISELLE
DE SCVDERY,
Pour accompagner vne Corbeille
pleine de Bijoux, dont les Filoux
luy faisoient present pour
ses Etreines.

CEs Hommes redoutez que l'on nomme Filoux,
    Dont vous auez pris la defense,
    Sont de leur gloire trop jaloux,
    Pour demeurer dans le silence:
    Ils parlent, mais bien foiblement,
    N'ayans aujourd'huy la puissance
    De marquer leur reconnoissance,
    Que par des souhaits seulement.

Si la Fortune fauorable
Iettoit vn doux regard sur eux,

Et que deuenant plus traittable,
Elle fauorisât leurs vœux,
Quand du butin ils feroient leur partage,
Le plus riche seroit pour vous faire vn hommage.

Tous les jours en faisant leurs courses,
Ils rapportent assez de bourses,
Dont l'espoir les va deuançant;
Car pipez de leur bonne mine,
Quand au fond on les examine,
On n'y rencontre que du vent.

Telle est celle que dans ce jour
Nous vous presentons pour Etreine;
Nous en auons fait choix dans plus d'vne douzaine,
Prises en Ville, où dans la Cour,
Car la nuit nous ne sçauons pas
Où le Hazard guide nos pas.

Nous prîmes la mesme journée
Le Bracelet plein de petits bijoux,
Qu'vne Dame peu fortunée
Venoit de receuoir auec vn Billet doux.

La Belle croyant nous toucher,
Nous en conta toute l'hiſtoire,
Que ſans peine elle nous fit croire,
Mais nos cœurs furent de rocher.

Si nous vous ſommes neceſſaires,
Sans vous faire tant de diſcours,
Nous quitterons en tout temps nos affaires,
Pour vous offrir noſtre ſecours.
Dans le beſoin ſonnez fort voſtre Cloche,
Soudain le Balafré, la Roche,
Bras de Fer, & Roland ſans peur,
Vous ſeruiront auec ardeur,
Car ce ſont des Gens ſans reproche.

REPONSE

DE MADEMOISELLE

DE SCVDERY,

A vne jeune Damoiselle qu'elle soup-
pçonne luy auoir fait cette
Galanterie.

VOstre injustice est sans égale,
De faire parler des Filoux,
Lors que d'vne main liberale
Vous donnez d'aimables bijoux.

Croyez-moy, charmante Celie,
Vous ne sçauriez vous déguiser,
Et vostre Muse est trop polie,
En vain elle veut m'abuser.

B v

Ie connois ſa délicateſſe,
Son air charmant, & ſes appas,
Et ie ne ſçay quelle tendreſſe
Que les autres Muſes n'ont pas.

En vain le Balafré, la Roche,
Entreprendroient de me duper;
Et ie vous fais vn doux reproche,
De me vouloir toûjours tromper.

Vous ſçauez pourtant trop bien feindre,
Et mon cœur vous feroit pitié,
S'il commençoit vn jour à craindre
D'eſtre ſurpris en amitié.

Repentez-vous, chere Celie,
Et promettez-vous deſormais,
Que ſoit ſerieux, ſoit folie,
Vous ne me tromperez iamais.

LE SOVFFLET.

Ces Vers ont esté enuoyez par Sapho,
auec vn Soufflet fort joly.

On supose que c'est luy qui parle à la Dame.

AVtrefois en Zephir ie volois par les Plaines,
Et sentois les ardeurs des amoureuses peines;
Maintenant en Soufflet ie me vois transformé,
Et ne puis plus courir apres l'Objet aimé.
Flore, pour me punir, me changea de la sorte;
Pour vn Zephir d'Hyuer, i'ay l'haleine assez forte,
Et ie vous seruiray jusqu'aux Mois des Amours
Où l'aimable Printemps ramene les beaux jours,
Ce fut moy, malheureux, (oserois-je le dire!
Ah! quád i'y pense encor, mon triste cœur soûpire,)
Qui badinant vn jour auec de tristes Fleurs,
Ternis insolemment leurs plus viues couleurs,
Sans sçauoir que Sapho, vostre chere Conqueste,
Vouloit vous les donner le jour de vostre Feste.

B vj

Lors elle s'en plaignit, Flore ſe courrouça,
Et pour la contenter, me bannit, me chaſſa,
M'interdit les Iardins de toute la Nature,
Et me fit prendre enfin cette triſte figure:
Mais ſi ie puis paſſer l'Hyuer aupres de vous,
De nul autre Zephir ie ne ſeray jaloux.

A MADEMOISELLE
DE SCVDERY,

Sur vn Pigeon étranger qui venoit
débaucher ses Pigeonès.

VERS IRREGVLIERS.

NE sçauriez-vous en paix posseder vos Pigeones?
Et faut-il qu'à chaque moment
Vous voyez arriuer à ces tendres Mignones,
Ou la mort, ou l'enleuement?

C'estoit assez que l'autre année,
La colere d'vn Chien contr'elles déchaînée,
De vostre Fauorite eut causé le trépas,

Sans qu'apres vn coup si funeste,
Vn Pigeon qu'on ne connoist pas,
Vienne vous enleuer le reste.

❧

Quoy? cet Oyseau vous a joüé ce tour,
Luy qu'on croit la mesme innocence?
Et sous vne belle apparence
Il cachoit l'humeur d'vn Vautour?
Dessous sa blanche petitoye
A-t'il tant de malice & de temerité?
Ha! peut-estre qu'il s'est gasté
Auec quelques Oyseaux de proye.

❧

Mais, Sapho, jugeons autrement,
Croyons le Pigeon moins coupable,
Il vit vostre Pigeone, & la vit fort aimable,
D'abord il deuint son Amant.
La Pigeone à son tour ne luy fût pas cruelle,
Elle brûla pour luy d'vne ardeur mutuelle,
Et c'est de son consentement
Qu'il a fait cet enleuement.

Son action n'est pas vn crime,
Sapho, vous deuez l'aprouuer:
Ce Pigeon sceut d'Amour cette belle Maxime,
Que lors que par des soins on ne peut arriuer
A la possession de l'Objet qu'on estime,
Il n'est rien tel que d'enleuer.

A MADEMOISELLE

DE LONGVEVAL,

Fille d'Honneur de la Reyne.

Sur vne Epingle que ie luy donnay.

STANCES.

L Ors que l'Amour sur nous veut montrer sa puiſ
    sance,
Iris, dés ce moment tout nous deuient fatal;
Et ſi nous deuons croire à noſtre experience,
Vne épingle ſuffit pour cauſer vn grand mal.

Quãd pour en trouuer vne on vous voyoit en peine,
Pour vous l'offrir, Iris, i'eus aſſez de bonheur:
Ce preſent ne vaut pas qu'on vous en entretienne,
Mais il eſtoit ſuiuy de celuy de mon cœur.

De cet aueu si promt cette épingle est la cause,
Aussi ce fut alors que ie sentis vos coups;
Et quand vous en vouliez attacher quelque chose,
Vous eustes le secret de m'attacher à vous.

Ie sçay bien que pour estre vne de vos conquestes,
Ie déurois estre né sous des Destins meilleurs,
Et que pour vous seruir, dans le rang où vous estes,
Il faut estre en estat de commander ailleurs.

Ie n'ay point ce beau Sort, mais ie sens vne flame
Qui pour vous meriter vaut bien tout cet honneur;
Et si vous pouuiez voir dans le fond de mon ame,
Vous verriez qu'en amour ie suis fort grãd Seigneur.

Que vous m'aimiez beaucoup, que vous ne m'ai-
   miez guere,
Ie ne sçaurois, Iris, bruler d'vn autre feu;
I'ay beau m'en tourmenter; quoy que ie veüille faire,
Ie ne puis retirer mon épingle du jeu.

STANCES
AMOVREVSES.

Ce qu'on sent pour vne Maistresse,
N'approche pas de la tendresse
Que ie sens pour vous chaque jour.
Ne craignez pourtant pas mes desirs, ny ma flame,
Iris, ce que i'ay dedans l'ame,
A plus de raison que l'Amour.

Ie n'aurois pas crû, ie vous jure,
Que pour vne amitié si pure,
L'on sentit vne telle ardeur:
Ie le pris pour l'Amour, ie m'y trópay moy-méme,
Vous en pourriez faire de mesme;
Mais vous n'en aurez que la peur.

Pourtant vne flame difcrete,
Pleine de refpect, & fecrette,
Mériteroit quelque pitié :
L'Amour a tant d'attraits, que ie ne puis me taire,
Sans la crainte de vous déplaire,
J'abandonnerois l'Amitié.

Prenez toûjours pour vne fable,
Quand on dit l'Amour eft blâmable,
Ceux qu'il bleffe adorent fes coups :
Il fçait remplir d'appas la peine la plus rude,
Et mefler à l'inquietude
Certain ie ne fçay quoy de doux.

Tout le reconnoit, tout luy cede,
Et fouuent du meilleur remede
Il fait le plus fubtil poifon :
Qui veut trop le guerir, le rend plus incurable,
Et l'on eft toûjours miferable,
De fe conduire par raifon.

Ie pourrois bien m'y laisser prendre
Sous le nom de l'Amitié tendre,
L'on le méconnoit chaque jour.
Ne craignez pourtant pas mes desirs, ny ma flame;
Iris, ce que i'ay dedans l'ame,
N'oseroit vous paroistre amour.

LA PROMENADE DV SOIR.

STANCES.

L'Astre du Iour par sa pâleur
Montre qu'il va cacher sa flame,
Les Bergers n'ont plus de chaleur,
S'ils ne la portent dans leur ame,

Clion, tous les Prez sont fleuris,
Allons sur les bords de la Loire,
Nos yeux peut-estre auront la gloire
D'y voir les doux appas de la diuine Iris.

Allons fouler ces tapis verds,
De qui la nuance est si viue,
Nous y pourrons faire des Vers
Pour vanter cette belle Riue.

Ah! cher Clion, que l'air eſt doux!
Les vents ne s'y font plus la guerre,
Et le Soleil quittant la terre,
Semble encor en mourant vouloir rire auec nous.

Voy que d'vn pinceau délicat,
Quoy queſa force diminuë,
Il verſe encor vn vif éclat
Dans le rouge ſein de la nuë.

Auant qu'il cache ſon flambeau,
Il ſemble écrire en ce nuage;
Mortels, ne perdez pas courage,
Ie reuiendray demain plus riant & plus beau.

Ce ſable eſt icy répandu
Par les mains de quelque Nayade,
Qui l'a molement étendu
Pour embellir la promenade.

❧

Ou peut-estre pour retenir,
Ainsi qu'vne Relique sainte,
Des pas d'Iris la trace emprainte,
Aumoins si dans ces lieux elle daigne venir.

❧

Clion, les Faunes que tu vois
Rangez sur les bords de la Loire,
Furent des Bergers autrefois
Sur qui la Nymphe eut la victoire.

❧

Ses appas les sçurent charmer,
Et cette beauté vagabonde
Fit sortir du sein de son onde
Les flames dont leurs cœurs se virent consumer.

❧

Nuit & jour pressez d'vn desir
Dont l'ardeur estoit sans pareille,
Ils vouloient auoir le plaisir
De voir à nud cette merueille.

Enfin par vn Arreſt du Sort
Propice au mal qui les domine,
On les a veu prendre racine
Aupres de ce beau lit où leur Maiſtreſſe dort,

Ainſi ie te veux auertir
Qu'on les reuere en ce riuage;
Tu verras du ſang en ſortir,
Si ta main leur fait quelque outrage.

Viuent leurs rameaux bienheureux,
Ils ſont certes dignes d'enuie,
Puis qu'ils ont pû changer de vie,
Sans laiſſer la Beauté dont ils ſont amoureux,

Ah! cher Clion, ainſi ſans prix
Nous voicy dedans la Prairie:
Sens-tu réueiller tes eſprits
Par l'odeur de l'herbe fleurie?

Que i'aime ces lieux innocens!
Que ie cheris cette verdure!
Et que i'admire la Nature,
D'auoir si bien trouué l'art de plaire à nos sens!

Nymphes, ne versez pas des pleurs,
Voyant flétrir l'éclat superbe
De tant de merueilleuses fleurs
Que nous foulons parmy cette herbe.

Si la belle Iris peut venir,
Elle vous fera bien paraistre,
Que sous ses pas on en voit naistre
Dont les viues couleurs ne se peuuent ternir.

Helas! Iris, tu ne vois pas
Que ces Riues vont estre sombres,
Si du lustre de tes appas
Tu n'en viens dissiper les ombres.

Tome III.   C

Viuante source de clarté,
Chaque objet icy te reclame,
Chaque objet demande à mon ame,
N'aurons-nous pas le bien de voir cette Beauté?

Le Soleil qui las de courir
Voit arriuer sa derniere heure,
N'aura pas regret de mourir,
S'il te peut voir auant qu'il meure.

Et peut-estre à la fin du jour,
Voyant la Beauté qu'il adore,
Il pensera voir son Aurore,
Qui repousse la nuit, & l'oblige au retour.

Flore n'aspire qu'au bonheur
De voir icy ton beau visage;
Viens, Iris, viens combler d'honneur
Ces Prez, ces eaues, & ce riuage.

Viens, Iris, viens deſſus ces bords
Conſeiller Tirſis qui ſoûpire,
Il ſera content s'il reſpire
L'air d'ambre que ta bouche aura pouſſé dehors.

Fidelle Clion, la vois-tu?
Vois-tu ma Bergere adorable?
Vient-elle à mon cœur abatu
Donner vn regard fauorable?

Malheureux, quel Aſtre me nuit?
Faut-il que le Sort la retienne?
I'ay beau ſouhaiter qu'elle vienne,
Ie ne vois point Iris, ie ne vois que la nuit.

Mere de l'ombre & de la peur,
De qui la laideur eſt ſi grande,
O Nuit à la noire vapeur,
Ce n'eſt pas toy que ie demande.

Mais quoy que tu porte l'effroy,
Et que tu fois épouuantable,
Tu me femblerois adorable,
Si ie voyois venir mon Aftre auec toy.

DIALOGVE
AMOVREVX.

TIRSIS.

LOrs que ie regnois dans ton ame,
Et que seul de tous tes Amans
T'éprouuant sensible à ma flame,
Ie goustois la douceur de tes embrassemens;
    Ce Monarque si redoutable,
    Qui tient les Perses sous sa loy,
    Dans sa fortune incomparable,
Viuoit & moins heureux, & moins content que moy.

SILVIE.

    Quand tu passois sous mon empire
    Ta premiere & jeune saison,
    Quand Cloris qui fait ton martyre
N'auoit pas triomphé de ta foible raison;

C iij

La Romaine & fameuſe Ilie,
Dont le merite eſt ſi vanté,
Eſtoit beaucoup moins que Siluie,
Et n'auoit rien d'égal à ma felicité.

TIRSIS.

Cloris, cette rare merueille,
Que l'Ebre a veu naſtre autrefois,
Par ſon Lut charmant mon oreille,
A fait ſuiure mon ame aux accens de ſa voix;
Faſſe le Ciel que cette Belle
Dans ſon bonheur viue toûjours,
Et qu'apres la Parque cruelle
File ou tranche à ſon gré la trame de mes jours.

SILVIE.

Mon Berger me trouue ſi belle,
Ie trouue mon Berger ſi beau,
Que de noſtre amour mutuelle
On ne verra iamais éteindre le flambeau;
Que le Ciel ſelon ſon enuie
Auance ou retarde mon ſort,
Pourueu qu'il conſerue ſa vie,
Quand les Deſtins voudront, ie conſens à ma mort.

TIRSIS.

Mais si touché de repentance,
Par vn heureux & prompt retour,
I'obligeois enfin ma constance
A reparer le tort qu'a souffert son amour;
Si Cloris se voyoit chassée
D'où tu regnois auec honneur,
Si son image retracée
Par cent traits immortels reuiuoit dans mon cœur.

SILVIE.

Bien que mon Amant fasse honte
Au plus brillant Astre des Cieux,
Et quoy que ta fierté surmonte
La colere des flots les plus seditieux,
Ie l'osterois de ma memoire
Pour me remettre sous ta loy,
Et croirois que toute ma gloire
Seroit de pouuoir viure & mourir auec toy.

C iiij

ELEGIE
DE M. D. M.

Belle & sage Daphné, merueille de nos jours,
Que toutes les Vertus accompagnent toûjours,
Et qui connois si bien leur grace naturelle,
Que tu ne prens iamais leur phantôme pour elle:
Illustre & chere Amie, à qui dans mes malheurs
I'ay toûjours découuert mes secrettes douleurs,
Qui sçais ce qu'vn mortel doit décrier ou craindre,
Et qui ne blâme pas ce qu'on ne doit que plaindre,
Ecoute mes ennuis, soulages-en le faix,
I'ay bien plus à te dire aujourd'huy que iamais;
Et tes prudens conseils tant de fois salutaires,
Ne me sçauroient iamais estre plus necessaires:
Defend ma liberté, ma Daphné, ie combas
Vn Dieu dont i'ay souuent méprisé les appas,
Qui lassé de me voir insensible à ses charmes,
A pris pour me seruir ses plus puissantes armes.
Ha! que ie l'apprehende auec tant d'attraits!
C'est le jeune Tirsis qui luy fournit de traits,

Tirsis en qui reluit tout ce qui rend aimable,
Tirsis de tous les cœurs le charme inéuitable;
Et le Ciel trop prodigue à verser ses tresors,
N'a que trop bien formé son esprit & son corps.
Ce merite pourtant dont la force est si douce,
N'est pas le seul sujet des soûpirs que ie pousse;
Auec ces qualitez ie l'aurois estimé,
Mais ie n'aimerois pas, s'il ne m'auoit aimé.
Pour tout autre que luy ie serois insensible,
Luy seul pouuoit m'oster le titre d'inuincible;
Et ie n'auois pas eu l'amour contagieux,
Lors que sans y penser ie le vis dans ses yeux;
D'vn peril si charmant mon ame fut surprise,
Et dés ce premier jour craignit pour sa franchise;
Mon courage orgueilleux alors se démentit,
Et mon cœur soûpira des maux qu'il pressentit:
Il a par mille efforts tâché de se defendre,
Mais ie sens bien qu'enfin il est prest à se rendre,
Et ma foible raison dans ce mortel danger
Se trahit elle-méme, & sert à m'engager.
Si mon repos t'est cher, si ma gloire t'est chere,
En l'estat où ie suis, dy-moy, que dois-je faire?
Quand ie verray Tirsis plus fort que mon deuoir,
Me faudra-t'il resoudre à cesser de le voir,
Et par vne fierté dont le penser me tuë,
Dois-je priuer mes yeux d'vne si chere veuë?

Mais, Daphné, ...
Ie ne puis, ny ne veux l'arracher de mon cœur:
Helas! en tous endroits tu sçauras que sans cesse
Cet aimable Garçon me tourmente & me presse;
Les Amours diligens à seruir ses desirs,
A toute heure, en tous lieux, m'aportent ses soûpirs,
M'expliquent ses desirs, ses transports & ses craintes,
Et d'vn air languissant me redisent ses plaintes;
Enfin il suit par tout la trace de mes pas,
Et ie le trouue mesme où ie ne le vois pas.
Quand il vouloit encor disposer de mon ame,
Souuent dans le desir de surmonter ma flame,
I'éuitois ses regards comme vn charme fatal,
Car on m'auoit bien dit qu'Amour estoit vn mal:
Mais, aimable Daphné, i'auois beau m'en defendre;
Ces subtils enchâteurs sçauoient bien me surprêdre;
Et c'est ainsi qu'Amour renuersant mes projets,
Va reduire mon cœur au rang de ses Sujets.
Dans vn si triste estat qui me rend incertaine,
Ha! que i'ay dit de fois, en réuant à ma peine;
Desirable repos, aimable liberté,
Vnique fondement de la felicité,
Sans quil'on ne vit pas, pour qui chacun soûpire,
Faut-il donc qu'vn Tyran vsurpe vostre Empire,
Qu'il me fasse oublier vos charmes les plus doux,
Et que les seuls tourmens me plaisent plus que vous?

Faut-il que ie m'expose a ces Esprits seueres.
Qui ne connoissent pas les amoureux mysteres,
Et répandent sur tous leur venin dangereux,
Et ne sçauroient souffrir ce qu'on n'a pas pour eux?
Et qui pis est, disois-je, helas! si ie m'engage,
Peut-estre vn jour Tirsis infidelle & volage,
Fera dedans mon cœur naistre autant de soûpirs,
Que i'auray pris de peine à flater ses desirs:
On sçait de cent Beautez les tristes auantures,
Et l'Empire amoureux est remply de poignures.
Voila ce que i'oppose à ses plus doux poisons,
Mais l'Amour est plus fort que toutes les raisons:
Le Destin veut que i'aime, il faut le satisfaire,
Ie ne resiste plus: las! que pourrois-je faire?
Ces Maistres des mortels, les Dieux, luy cedent bien;
Tes conseils seroient vains, Daphné ne me dit rien,
Laisses-moy soûpirer, ma peine est sans remede,
Mon cœur est trop charmé du feu qui le possede,
Vne douce langueur occupe mes esprits,
Et perdant tout espoir, ma Daphné, ie te fuis,
Non pour chercher la fin de mon malheur extréme,
Mais pour me satisfaire, en te disant que i'aime:
Si tu blâmois vn mal où tu vois tant d'appas,
Plains vne malheureuse, & ne l'accuse pas.

LA TVBEREVSE.
A CELIE, le jour de sa Feste.

ANgelique, ou Celie, ou tous les deux ensemble,
Malgré toutes les fleurs que ce beau jour asseble,
Ie veux tous vos regards, toute voftre amitié,
Ou ne leur rien laiffer que regards de pitié.

Des bords de l'Orient ie fuis originaire,
Le Soleil proprement fe peut dire mon Pere,
Le Printemps ne m'eft rien, ie ne le connois pas,
Et ce n'eft point à luy que ie dois mes appas.
Ie l'appelle en raillant le Pere des Fleurettes,
Du fragile Muguet, des fimples Violettes,
Et de cent autres fleurs qui naiffent tour à tour,
Mais de qui les beautez durent à peine vn jour.
Voyez moy feulement, ie fuis la plus parfaite,
I'ay le teint fort vny, la taille haute & droite,
Des Rofes & des Lys i'ay le brillant éclat,
Et du plus beau Iafmin le luftre délicat.

Ie surpasse en odeur & la Ionquille & l'Ambre,
Et les plus grãds des Roys me souffrẽtdãsleur Châbre.
Faut-il vous dire tout ? vostre Esprit est discret,
Ie vay luy confier mon plus galant Secret,
I'ay sceu plaire à LOVIS, à qui tout voudroit plaire,
Ne me regardez plus comme vne fleur vulgaire.
A son air de Héros, à ses exploits guerriers,
On eut dit que son cœur n'aimoit que les Lauriers,
Que seule à ses faueurs la Palme osoit prétendre;
Cependant il me voit d'vn regard assez tendre.
Apres vn tel honneur, cedez moindres Beautez,
Vous auez plus de nom que vous n'en meritez,
Vous, Celie, excusez si i'ay l'ame hautaine,
Et si dans mes discours ie parois vn peu vaine.
Par l'auis de Sapho ie demande vos Chants,
Si cheris des neuf Sœurs, si doux, & si touchans,
Pour publier par tout du Couchant à l'Aurore,
Que ie suis sans égale en l'Empire de Flore;
Que le triste Hyacinte, auec tous ses appas,
Et cette fleur qui suit mon Pere pas à pas,
Les Roses de Vénus nouuellement écloses,
Ajax si renommé dans les Metamorphoses,
La fleur du beau Narcisse, & la fleur d'Adonis,
Toutes doiuent ceder à la fleur de LOVIS.

LETTRE DE M·D·B.
A M. LE CHEVALIER DE L.

Dgne Sang de ce braue & genereux Harcourt,
Beau Cheualier, grãd Prince, aimable Creature,
Chef-d'œuure où la Fortune a demeuré tout court,
De peur de n'aller pas si loin que la Nature.

Il me semble que i'irois moy-mesme assez loin, pour peu
que ie voulusse continuer de cette sorte ; & peut-estre
vous dirois-je d'assez jolies choses qui vous touche-
roient pourtant beaucoup moins que ce que vous atten-
dez que ie vous die. Laissons donc là vostre Eloge, &
venons promptement à vostre secours.

    Il faut courir au plus pressé ;
Encore qu'à la Gloire vn Héros se déuouë,
    Vn Héros, quand il est blessé,
    N'a pas tant besoin qu'on le louë,
    Qu'il a besoin d'estre pansé.

La premiere chose que ie fis byer apres auoir receu vostre
Lettre, ce fut de ne la pouuoir lire, tant le caractere m'en

parut difficile ; & ie fus contraint d'auoir recours à
quelque Perſonne affidée qui connût voſtre écriture :
mais à meſme temps que ie crûs auoir rencontré mon
fait, pour cela on prit à tâche de me perſuader que ie
m'eſtois trompé.

Affectant d'ignorer ſi vous ſçauez écrire,
Chaque mot aux Experts cauſoit de l'embarras;
Et l'on faiſoit ſemblant de ne pouuoir bien lire,
Pour mieux faire ſemblant qu'on ne vous aimoit pas.

Ce que ie vous puis dire, c'eſt que vos affaires me pa-
roiſſent au meſme eſtat que vous les auez laiſſées : auſſi
ne faites-vous que partir.

Celle que vous aimez, ſçait trop bien ſe conduire,
Pour ne pas toûjours viure auec vous comme il faut;
Du Sexe elle n'a point l'ordinaire defaut,
Et quand elle l'auroit, l'iroit-elle produire,
Lors que voſtre depart eſt encore tout chaud?

Certainement toutes les regles de la Phiſionomie ſont
fauſſes, ou vous n'auez rien à craindre de ce coſté là.
Ce n'eſt pas qu'vn Homme plus timide n'euſt lieu d'eſtre
alerte : mais enfin ie ſuis perſuadé, comme ie le dois, que
tout ira bien pour vous, auecque la reſtriction des Fai-
ſeurs d'Almanachs, qui promettent le beau temps & la
pluye. Ie ne vous garantis rien, Amour ſur tout.

Où vous eſtes, ie croy que vous pouuez confondre
Tout ce que vous auez de Riuaux ſur les bras;
Mais bien préciſement ie ne vous puis répondre
De ce que vous ferez où vous ne ſerez pas.

*En tout cas i'oseroù bien asseurer vostre Maistresse que
Monsieur Ruiter ne luy nuira pas aupres de vous ; mais
ie ne me fais pas fort que Monsieur de la V….. ne vous
incommode pas aupres d'elle.*

Plus d'vn exemple nous témoigne
Que l'absence détruit le plus ferme projet;
On voit diminuer l'objet,
A mesure qu'il s'éloigne.

*Il s'est veu neantmoins dans tous les temps de grandes
& de celebres passions que l'absence n'a point affoiblies
ny diminuées. Croyez-moy, ne vous deseſperez pas;
donnez-vous tout entier à la gloire, & faites tant de
bruit, que vous les empeschiez de ſe pouuoir entendre
tous deux pendant que vous serez éloigné.*

Auecque ces plaisirs, quelque peu de diuorce
Fait qu'on est mieux receu quand on est de retour;
Et l'Amour n'est iamais vn veritable Amour,
Si l'Estime & l'Honneur n'en augmentent la force.

ERGASIS,
ET
EDONE.
DIALOGVE.

LE LIBRAIRE
AV LECTEVR.

CE Dialogue du Trauail & de la Volupté
estant tombé entre mes mains, ie le fis voir
à quelques Personnes d'Esprit pour en auoir leur
iugement: Ils me dirent qu'il estoit assez bien
écrit, mais que ce n'estoit qu'vne ébauche, & que
cette matiere meritoit vn plus grand Discours.
Ils adjousterent que l'Autheur auoit deu marquer
comment la Volupté estoit Fille du Trauail, de
mesme que M.P... l'auoit fait dans son Dialogue
de l'Amour & de l'Amitié, qui est vn Original
dans ce genre d'écrire. Il y en eut vn qui me dit
qu'il connoissoit la Volupté (cela s'entend de
celle qui est Fille du Trauail) pour estre d'vne
tres-illustre & ancienne Famille, & qu'elle
pouroit mesme pretendre d'estre Dame de Remi-
remont, si elle estoit d'humeur de prendre ce Party;
qu'il sçauoit bien où estoient les Titres de sa Maison, qu'il en dresseroit la Genealogie; ce qu'il a
fait; & ie vous la donne, auec vne Lettre qu'il
m'a fait l'honneur de m'écrire sur ce sujet.

ERGASIS, & EDONE,

OV

LE TRAVAIL

ET LA VOLVPTE'.

DIALOGVE.

ERGASIS.

D'Où vient que vous me fuyez auec tant de foin ? Il me femble que vous en déuriez vfer d'vne autre maniere, & qu'au moins par raifon vous déuriez eftre plus fouuent auec moy, fi vous ne le pouuez par inclination.

EDONE.

Mon humeur, & la voftre, ont fi peu de rapport enfemble, qu'il ne faut pas s'étonner fi ie ne vous recherche guere ; & vous me traittez d'vne façon fi peu obligeante, que ie ne fçaurois me refoudre d'auoir pour vous toute la complaifance que vous exigez de moy.

ERGASIS.

Comme vous eftes d'vn Sexe dont la douceur & la retenuë fait le principal ornement, il me femble

que vous deuriez prendre vn peu plus de peine à
cacher vos emportemens; & que la necessité où
vous estes de viure auec moy, si vous voulez estre
dans le Monde auec honneur, est vn motif assez
puissant pour vous obliger de sauuer du moins les
apparences.

EDONE.

Ie sçay bien qu'il ne me seroit pas trop aisé de me
separer de vous, & qu'vne Fille jeune & assez bien
faite, ne peut pas honnestement quitter son Pere,
quand elle ne veut ny se mettre en retraite, ny
se marier ; & que ma destinée ne permettant pas
que ie m'attache à vne seule Personne, & mon humeur estant fort éloignée de fuir le Monde, ie vois
bien qu'il faut que ie demeure toûjours auec vous.
Cependant il me semble que vous en tirez vn peu
trop d'auantage : vous souhaiteriez que ie fusse toûjours à vos costez, que ie vous accompagnasse dans
toutes vos grandes & penibles occupations, que ie
me leuasse matin, que ie me couchasse tard, que ie
ne receusse des visites que de ceux qui vous font la
Cour, & que ie ne prisse de diuertissemens que ceux
qui sont de vostre goust.

ERGASIS.

Ie suis bien aise que vous soyez aujourd'huy d'humeur à raisonner ; car vous estes d'ordinaire si brus-
que, & vous auez si peur de passer vn quart-d'heure
sans plaisir, que vous ne voulez iamais écouter que
des choses qui vous flatent : mais puis que vous me
donnez vn peu d'audiance, ie tâcheray de vous dé-
tromper, & de vous faire voir qu'il n'y a rien de
plus honneste que mon procedé auec vous ; & que
si ie ne donne pas dans tous vos sentimens, c'est
principalement pour vostre bien. Il est vray que ie

ferois bien aife que vous fufliez fouuent auec moy, & i'auouë qu'en cela ie me regarde vn peu. Voftre prefence a quelque chofe de fi charmant pour tout le Monde, qu'il ne faut pas s'étonner fi ie fouhaite de vous poffeder quelquesfois : mais vous m'auoüerez auffi que ma compagnie ne vous déuroit pas eftre à charge, puis que i'ay la complaifance de vous preparer tous vos diuertiffemens, & d'effuyer toute la fatigue qu'il y a à les difpofer : & d'ailleurs quand vous auez efté longtemps auec moy, vous en deuenez plus prétieufe aux Gens qui vous recherchent, parce qu'ils ne vous poffedent pas auec tant de facilité.

EDONE.

Ie ne doute pas que ce que vous venez de dire ne paroiffe fort raifonnable à tout autre qu'à moy : mais vous fçauez que ie ne fuis née que pour la joye, & que ie fuis mefme d'vn temperament fi délicat, que ie ne puis vous tenir compagnie dans toutes vos entreprifes.

ERGASIS.

Il eft vray que vous eftes née pour la joye, & que vous faites mefmes celle de tous les lieux où vous eftes : Mais ie vous prie de confiderer que lors que vous m'accompagnez, toute la peine eft pour moy, & que vous demeurez toûjours vous-mefme ; que vous diffipez mon chagrin fans en prendre, & que ie donne fi bon ordre à toutes chofes, que vous ne fouffrez point auec moy. Ie fçay bien que ce n'eft pas affez pour vous, de ne pas fouffrir qu'il faut quelque chofe qui vous diuertiffe : auffi ie ne trouue pas mauuais que vous foyez quelquesfois dans les honneftes diuertiffemens, & ie fuis mefme bien aife de vous y accompagner ; mais ie ne puis

ſouffrir que vous y paſſiez toute voſtre vie, & que
vous n'ayez aucune inclination pour les choſes ſerieuſes. En verité, c'eſt ſçauoir bien peu à quoy
vous eſtes deſtinée, & abuſer étrangement des auan-
tages que la Nature vous a donnez! Tous les Hommes vous ſuiuent ; & au lieu de les conduire où
leur deuoir les appelle, vous les amuſez à des ba-
gatelles.

E D O N E.

C'eſt vne choſe aſſez plaiſante, de me vouloir
rendre reſponſable de tous les deſordres qui ſe paſ-
ſent dans le Monde. Pourquoy les Gens qui ont
des affaires ſerieuſes, ne les font-ils pas ? & dequoy
s'auiſent-ils, de me venir chercher quand ils ont
des occupations importantes, puis qu'ils doiuent
bien ſçauoir, s'ils ont quelque eſprit, que les affaires
& moy n'auons aucun raport enſemble?

E R G A S I S.

Il y a bien de l'injuſtice dans ce que vous dites;
car enfin vous ſçauez bien que l'on ne ſçauroit viure
longtemps ſans vous, que l'on vous cherche par-
tout, & que vous eſtes meſme bien plus obligée de
vous communiquer à ceux qui ſont dans les grandes occupations de la vie, qu'à ceux qui ne ſont
que dans les diuertiſſemens ; puis que ces premiers
agiſſent & trauaillent pour tous les Hommes, auſ-
quels il ſemble que vous ayez eſté donnée pour
adoucir leurs déplaiſirs.

E D O N E.

Il ne tient pas à vous que ie ne paſſe pour vne
Perſonne fort importante ; cependant vous aurez
bien de la peine à me perſuader que ie quitte ma
façon de viure ordinaire, & dont ie me ſuis fort
bien trouuée juſques à preſent. En effet, quelle

apparence que i'abandonne vn grand nombre
d'honneſtes Gens, qui témoignent auoir vn fort
grand empreſſement pour moy, & qui ne me pro-
poſent que des choſes agreables ? & cela pour tenir
compagnie à quelque mélancolique qui paſſe les
journées entieres dans ſon Cabinet, ou dans le
tumulte des affaires, ſous pretexte qu'il trauaille
pour le public.

ERGASIS.

Croyez-vous que l'aprobation generale de toute
la Terre ne merite pas bien que vous contraigniez vn
peu voſtre humeur ? & d'autre part, eſt-il poſſible que
vous ne vous ſouueniez plus que vous auez autrefois
aimé tout ce que vous haïſſez à preſent ; que vous
m'auez accompagné ſans aucune repugnance dans
des Voyages que i'ay faits ſur Mer & ſur Terre ; que
vous vous eſtes trouuée ſans aucun chagrin dans les
Aſſemblées où l'on traitoit, des affaires les plus importantes ; & que vous auez meſme quelquesfois
pris vn aſſez grand diuertiſſement à vous entretenir
auec de ſimples Artiſans ? Auoüez que ce n'eſt que
depuis quelques années que vous auez changé d'humeur, & que vous ne donnez plus que dans les diuertiſſemens d'éclat. L'on impute dans le Monde
tout ce deſordre à de certaines Gens leſquels ayant
trouué le moyen de faire vne grande fortune en
tres-peu de temps, & ſe trouuans incapables des
ſatisfactions raiſonnables que l'Eſprit & la joye de
bien faire ſon deuoir peuuent donner, ſe ſont jettez
dans vne licence effrenée, & vous ont mis de toutes
leurs parties, où vous auez couru grand riſque de
perdre voſtre reputation. C'eſt ce qui vous a fait
paſſer pour vne Coquette qui n'a aucun égard au
merite des Gens, & qui ne conſidere que ceux qui

la mettent de beaucoup de Feftes & de Cadeaux.
Si vous auiez eu autant de foin de voftre reputation que vous y eftiez obligée, vous auriez remis
ces Gens dans le bon chemin, vous auriez reglé leur
dépenfe & leurs diuertiffemens; & vous n'auriez pas
fouffert qu'vn Homme d'vn merite tres-rare, dont
le nom eft affez connu, fe perdit pour auoir eu trop
d'empreffement pour vous, & pour vous en auoir
donné des marques trop éclatantes. Ce malheur
m'oblige de veiller de plus pres fur voftre conduite;
& fi ie ne puis la regler, du moins ie feray tout mon
poffible pour empefcher mes Amis d'auoir trop de
complaifance pour vous.

E D O N E.

Sans me defendre de tout ce que vous m'impu-
tez, & où ie ne crois neantmoins auoir aucune part,
ie vous diray feulement, que vous auez vn Amy, &
dont vous faites vne eftime particuliere, que i'aurois la plus grande joye du monde de mettre de
mon party. Ie vous auouë que ie ne le fouhaite pas
feulement par vn fentiment d'ambition, & parce
qu'il eft dans vn pofte fort éminent, mais qu'il y a
vn peu d'inclination meflée; car bien qu'il ne m'ait
pas rendu de frequentes vifites, ie l'ay trouué autrefois tellement difpofé à eftre de mes Amis, qu'il n'y
a rien au Monde que ie ne fiffe pour vous le dé-
rober.

E R G A S I S.

En verité, cette conquefte vous feroit bien glo-
ricufe: mais fi vous ne deuenez pas plus raifonnable, ie doute fort que vous la puiffiez iamais faire.
Celuy dont ie voy bien que vous voulez parler, a le
cœur tendre, & l'ame paffionnée; & cela fuffit pour
qu'il ne vous haiffe pas: mais comme il a beaucoup

de vertu, il fouhaiteroit que vos fentimens & vos
actions fuſſent vn peu mieux reglées ; & ie m'aſſure
que s'il voyoit vn changement auantageux dans
voſtre conduite, les grandes occupations qu'il a, &
dont tout autre feroit accablé, n'empeſcheroient
pas qu'il ne fut bien aiſe de vous poſſeder quelquesfois.   E D O N E.

Le procedé de voſtre Amy auec moy eſt tout à
fait particulier : au lieu que tout le Monde me
cherche, il faut que ie l'aille trouuer, ce qui n'eſt
pas vne petite mortification pour moy ; & encores
que ie prenne ſon temps, il eſt ſi fier, qu'il ne me
veut voir que lors qu'il n'a plus rien à faire. I'ay
beau me preſenter à luy, il me préfere le dernier de
tous les Hommes, & il ne me donne audiance que
lors qu'il n'y a plus perſonne qui la demande. Enfin
il eſt impoſſible que ie joüiſſe de luy vn moment en
particulier ; & le peu de temps qu'il me donne, ie
ſuis obligée de le partager auec toute ſa Famille. Ie
ne me rebute pas neantmoins, & ie ne deſeſpere
point qu'il ne m'aime quelque jour vn peu plus
qu'il ne fait à preſent.

          E R G A S I S.

Ie vous ay déja dit qu'il n'a aucune auerſion pour
vous, & qu'il auroit plus de commerce auec vous,
ſi vous deueniez capable d'aimer les choſes ſerieuſes
& ſolides, comme les belles Lettres & les beaux Arts,
pour leſquels vous voyez qu'il fait toutes choſes. De
plus, s'il eſt vray que vous le conſideriez autant que
vous le témoignez, & que vous ayez vn veritable
deſſein de toucher ſon cœur, que n'eſtes-vous de
toutes nos parties ? Vous ſçauez que ie ne le quitte
guere ; ainſi vous pourriez en eſtre auec bienſeance :
& puis vous vous eſtes mis dans le Monde ſur vn

D v

certain pied, que l'on ne trouue point mauuais que
vous foyez auec des Hommes, pourueu qu'ils foient
connus pour auoir de la vertu. Vous fçauez qu'il
fait bien de petits Voyages pour le feruice de fon
Prince & de l'Eftat ; ne pourriez-vous pas quelquefois le diuertir par le chemin? En verité, vous ne
feriez pas inutile à conferuer vne fanté auffi prétieufe que la fienne ; & vous fçauez combien de
Gens vous en auroient obligation.

E D O N E.

Quoy que ie vous aye dit que ie confidere beaucoup voftre Amy, ie ne fuis pas neantmoins refolu
de faire toutes ces auances, & il me femble que ie
fuis affez confiderable dans le Monde pour eftre vn
peu recherchée, mefmes du plus grand de tous les
Hommes ; & quand ie n'aurois d'autre auantage
que d'eftre affez bien auec le Maiftre de celuy dont
vous me parlez, il me femble qu'il déuroit m'efti-
mer dauantage qu'il ne fait.

E R G A S I S.

Ne vous enorgueilliffez point de ce que le grand
Prince dont vous parlez vous rend quelques vifites;
& fçachez que ce n'eft que pour fe délaffer des grandes fatigues qu'il eft obligé de fouffrir, en gouuer-
nant tout feul & d'vne maniere qui le fait admirer
par toute la Terre ; il eft dans vn âge où il ne luy
eft pas permis de vous fuir : mais apres tout fçachez, puis que cela vient à propos, qu'il ne trouue
point du tout bon que vous infpiriez à fes Sujets des
fentimens fi éloignez de ceux qu'ils doiuent auoir.
Il eft refolu d'y apporter du remede ; vous fçauez
qu'il vous a déja retranché la bizarre fatisfaction
que vous preniez de voir les plus honneftes Gens de
fon Eftat s'égorger pour le moindre petit démeflé;

que la joye que vous donniez par vne agreable mé-
disance, n'eſt plus à la mode, depuis que ce Prince
a témoigné qu'il ne vouloit pas que la raillerie paſ-
ſât juſques à la Satyre ; que l'on a meſme bany du
Theatre certaines libertez qui eſtoient de mauuaiſes exemples, & qui ſcandaliſoient tous les honneſtes Gens : Mais il n'en veut pas demeurer là ;
car il ne veut plus que vous ſeruiez de pretexte de
mal faire à ſes Sujets, & que l'on s'excuſe en diſant
que l'on n'a rien fait que pour vous : Il faut, ſi vous
ſouhaitez qu'il vous conſidere toûjours, & qu'il vous
conſerue dans ſes Eſtats l'authorité que vous y auez
acquiſe ; que vous preniez autant de peine à dé-
tromper ſes Sujets, qu'il ſemble que vous auez pris
de contentement à les aueugler ; que vous leur faſſiez connoiſtre que le ſeul moyen de vous auoir, eſt
d'eſtre bien reglez dans toute leur conduite ; & pour
ſe dégager des mauuaiſes habitudes qu'ils ont con-
tractées dans vn temps de licence, les obliger à me
conſiderer plus qu'ils n'ont iamais fait : Il veut
meſme que ſes Sujets ne reçoiuent aucune grace de
vous que par mon entrepriſe, & que vous ne faſſiez
bon viſage qu'à ceux qui auront ſuiuy mes ordres.
Dans ces derniers temps vous auez eſté reduite à de
certaines ſocietez qui ont fait grand bruit dans le
Monde, compoſées de Gens qui n'eſtoient point du
tout de mes Amis ; & l'on ne vous voyoit iamais
autrepart. Le Prince entend que vous ſoyez par
tout, que vous faſſiez la joye de tout le Monde ; il
pretend que vous aſſiſtiez dans les Academies ; que
vous montiez à Cheual pour vous trouuer aux Re-
ueuës qu'il fait de ſes Troupes pour les maintenir
dans la Diſcipline Militaire ; & il n'entend pas que
l'honneur qu'il vous a fait de vous donner vne place

D vj

dans ſes Conſeils, vous diſpenſe de vous trouuer quelquesfois dans les Boutiques des Artiſans, & dans les Cabanes des Bergers.

E D O N E.

Ie trouue beaucoup de raiſon à tout ce que vous me dites, mais ie deſeſpere de pouuoir faire tant de choſes ; car enfin ie ne puis pas eſtre par tout : vous ſçauez que ie dois donner quelques heures à ce grand Prince ; ie ne ſçaurois me refuſer à la Cour : tout le reſte du Monde me ſouhaite, comment pouray-je ne mécontenter perſonne ? car ie n'entens autre choſe dans le Monde que des plaintes de ce que l'on ne me poſſede pas.

E R G A S I S.

Pour ce qui eſt du Prince, il ne s'apperceura iamais de voſtre abſence, pourûeu qu'il ſçache que vous eſtes auec ſes Sujets, & que par voſtre moyen ils s'occupent à faire leur deuoir ; quand il ſçaura que vous faites ſuporter auec joye le fardeau des grandes affaires à ceux qui en ont la direction ; que vous faites que les Gens qui ſont obligez de trauailler ſans relâche pour la ſubſiſtance de leurs Familles, le font ſans chagrin : & ne croyez pas que ces choſes ſoient fort difficiles. N'eſt-il pas vray que vous auez fait paſſer des années toutes entieres à des Gens, & aſſez agreablement, dans l'eſperance de vous poſſeder vn moment ? Vous n'auez ſeulement qu'à vous montrer pour contenter bien du Monde. Si vous apprehendez de faire des méconter tens, ne promettez iamais que ce que vous pourez accorder ; faites voir que vous eſtes à ceux qui ont plus de merite ; faites en ſorte que l'on ſe perſuade que vous n'accordez point de faueurs qui ne ſoient fort conſiderables, puis qu'elles n'ont d'autre prix

que celuy que leur donne celuy qui les reçoit : de
ſorte que vous pouriez eſtre toute entiere à vne
Perſonne, qu'elle n'en feroit pas plus heureuſe, ſi
par bizarrerie elle s'alloit imaginer qu'elle ne le
feroit pas. Ne vous laiſſez pas trop infatuer de la
Cour, ſi ceux qui la compoſent ont du merite, comme il faut demeurer d'accord que la pluſpart en ont,
& qu'ils veulent imiter leur Prince : Ils n'exigeront
rien de vous qui ne ſoit dans l'ordre : Ils demeure-
ront d'accord que vous n'eſtes pas ſeulement pour
eux ; & ſi vous ſçauez conſeruer l'authorité qu'ils
vous ont donnée, ils ſe verront obligez de vous
ſuiure par tout : de ſorte que vous pourez faire des
Courtiſans accomplis, en les faiſant aimer pour
vous. Tout ce qu'il y a de loüable, vous ferez encores reflexion, que pour vous rendre agreable, vous
deuez vous faire ſouhaiter long temps ; que vous deuez arreſter peu en vn meſme lieu, de peur qu'en
vous examinant de trop pres, l'on ne remarque en
vous quelques defauts dont l'on ne s'apperçoit pas
d'abord ; que vous deuez traitter les Gens ſelon
leur portée, & pour cela ſçauoir autant que vous
pourez celle de tout le Monde, afin de vous accom-
moder à leur maniere d'agir ; que voſtre abord ne
doit pas eſtre trop riant, de peur que l'on ne vous
engage à augmenter vos faueurs, ce qui vous feroit
impoſſible ; & enfin, que bien que vous ne ſoyez
plus guere ſenſible aux Gens qui ont accouſtumé de
vous poſſeder, ils s'apperçoiuent bien neantmoins
quand ils vous perdent : c'eſt pourquoy lors que
vous ferez obligée de vous éloigner d'eux, vous le
deuez faire tout doucement, & dans ce meſme
temps vous leur deuez inſpirer l'enuie de me connoiſtre & de me pratiquer ; car c'eſt le meilleur re-

mede qu'ils puiffent auoir pour fuporter voftre abfence auec moins de déplaifir.

E D O N E.

Il eft impoffible de ne fe pas rendre à de fi fortes
raifons ; & quand vous me propofez de plaire au
plus grand Prince du Monde, d'acquerir l'eftime
de voftre illuftre Amy, faire mon deuoir, & de vous
contenter, ie ne dois rien trouuer d'impoffible:
c'eft pourquoy ie fuis refoluë de ne vous plus abandonner, d'eftre la Compagne de tous vos trauaux,
d'eftre l'Amie de tous vos Amis, & l'Ennemie de-
clarée de tous vos Ennemis, de n'auoir point de
plus grande paffion que de plaire à noftre Prince,
& contribuer autant qu'il me fera poffible à rendre
fes Sujets heureux, d'eftre toûjours de belle humeur
aupres de voftre Amy ; & enfin de viure d'vne maniere fi auantageufe pour ma reputation, que ceux
qui ont médit de moy s'en repentent, & qu'ils foient
obligez d'auoüer que i'ay le fonds bon ; & que fans
vn peu de legereté & d'inconftance qui fait que ie
m'emporte facilement, ie ferois vne Amie fort à
fouhaiter.

GENEALOGIE
DV TRAVAIL
ET DE LA VOLVPTE'.

LE *Ciel* apres fa feparation de corps & de biens
d'auec fa Femme *Cibelle*, époufa *la Neceffité* fille
du Deftin & *de la Fortune*. Son Pere *le Deftin* l'auoit
fait éleuer auec les Mufes, & en la compagnie des
Poëtes & des Philofophes. Elle eftoit d'vn Efprit
vif & agiffant, facile en inuentions, toûjours ocu-
pée à chercher quelques nouueaux moyens pour
venir à bout de ce qu'elle entreprenoit : mais comme elle n'auoit ny beauté ny bonne grace, & encore
moins de bien, elle ne plaifoit à perfonne, & ne
pouuoit trouuer de party pour fe marier. Cependant elle eftoit beaucoup à charge aux Mufes, qui
ne pouuant plus fuporter la dépenfe de fon entretien, prierent *le Deftin* fon Pere de les en déliurer
par quelque moyen que ce fut : ce qui luy fit naiftre
l'enuie de la faire époufer à fon ancien Amy *le Ciel*,
auquel il perfuada qu'à l'âge qu'il auoit, & feparé
comme il eftoit d'auec fa Femme, fans apparence

de se rejoindre iamais, il ne pouuoit mieux faire
que de se marier à quelque honneste Personne qui
eust soin de lùy, prenant de là occasion de luy offrir
sa Fille, & l'asseurant qu'elle estoit disposée à faire
toutes choses pour meriter son affection : Comme
en effet, *la Necessité* suiuant le conseil *du Destin* son
Pere, fit si bien par ses soûmissions & par ses assidui-
tez, qu'elle sceut gagner ce bon Vieillard ; mais la
plus forte consideration qui le fit resoudre dauantage à cette affaire, ce fut qu'il considera que tout le
mauuais ménage d'auec luy & *Cibele*, auoit esté
causé par les trop grandes richesses qu'elle possedoit
de son propre, qui l'auoient renduë assez présom-
ptueuse pour le mépriser, & pour croire qu'elle pouuoit se passer de luy, mesme d'auoir des com-
merces secrets auec Pluton, qui luy déplaisoient
extrémement. Ainsi il fut persuadé qu'il feroit fort
bien d'épouser vne Personne de naissance, qui
n'ayant aucun bien, luy seroit obligée de toute sa
fortune, & ne connoistroit d'autres richesses que
celles dont il luy feroit part, qui seroient plus que
suffisantes pour la rëdre eternellement heureuse. Ce
mariage fut conclu de cette sorte, & *le Ciel* épousa *la
Necessité* auec ses droicts, qui n'estoient autres que
son Esprit vigilant, son assiduité, & sa soûmission.

De ce mariage est venuë *la Vertu*, qui dés sa plus
tendre jeunesse donna des esperances d'vne mer-
ueilleuse beauté : aussi quand elle fut grande, elle se
fit admirer de tout le monde. Tous les Dieux de
l'Olimpe vouloient la connoistre : neantmoins
comme elle estoit d'vne humeur altiere, se donnant
vne grande liberté de reprocher aux Gens tous leurs
defauts, elle n'estoit pas trop bien venuë dans les
lieux où elle alloit : d'ailleurs sa Mere *la Necessité*

auec qui elle estoit presque toûjours, estoit de son
naturel fort honteuse & peu accoustumée à hanter
chez les Grands ; toûjours fort simplement vestuës,
& à la vieille mode, ce qui faisoit qu'elles n'osoient
hanter les Dieux de qualité. Cette sorte de vie leur
estant deuenuë ennuyeuse, elles alloient assez souuent voir les Muses, les Poëtes, & les Philosophes,
leurs anciens Amis, de qui elles receuoient vn meilleur accueil. Cela les fit penser à retourner demeurer
auec eux pour toûjours. Ce que *la Necessité* fit trouuer bon *au Ctel* son Mary, qui luy permit cette retraite d'autant plus volontiers, qu'il jugea que les
bonnes qualitez de sa Fille *la Vertu* pouroient seruir
de quelque chose pour corrgier les Hommes de
leurs defauts. Estant ainsi retournées sur le Parnasse, les Muses leur y firent donner vn logement,
où *la Vertu* s'estant fait connoistre, elle s'y fit des
admirateurs de tous ceux qui la purent voir. Les
Muses faisoient tout ce qu'elles pouuoient pour
exalter le merite de leur nouuelle Hostesse, afin de
luy donner de la reputation, & engager quelqu'vn
dans sa recherche, mais personne n'y vouloit entendre: on vouloit bien la voir & l'admirer, auoüer
mesme qu'elle auoit toute la raison du monde dans
les reprimandes qu'elle faisoit, mais pas-vn ne s'en
vouloit charger, ny s'allier pour toûjours auec vne
Personne dont la maniere de viure estoit aussi ex-
traordinaire que la sienne. Elle demeura de cette
sorte longtemps à pouruoir, jusques à ce que *le*
Sçauoir, Homme sage & vn peu âgé, à qui cette humeur seuere & veritable ne déplaisoit pas, la recher-
cha, & du consentement de ses Pere & Mere, l'é-
pousa au grand contentement de tout le Parnasse.
Ils n'eurent qu'vn Fils nommé *le Trauail*, qui leur

fit assez de peine à éleuer dans sa jeunesse. Quand il fut grand, il deuint d'vne humeur agissante & laborieuse, n'estant iamais sans faire quelque chose. Vn jour qu'il estoit occupé à vn Ouurage de consequence, que sa Mere *la Vertu* luy auoit commandé, il vit *la Recompense*, Fille *du Merite & de la Raison*, dont il deuint éperdument amoureux. C'estoit vne jeune Personne, d'vne beauté singuliere & d'vne humeur tout à fait charmante : toutes ses actions estoient si naturelles, & son air si engageant, qu'il n'y auoit personne qui ne l'aimât & ne la voulut posseder. *Le Trauail* qui fut touché de tant d'aimables qualitez, se resolut de faire toutes choses pour l'auoir en mariage ; & comme elle ne manquoit pas d'Amans, il jugea qu'il auroit beaucoup de trauerses à surmonter dans la recherche qu'il vouloit entreprendre : mais la Belle luy ayant donné quelque asseurance qu'il ne luy déplaisoit pas, il se resolut d'essuyer toutes sortes de difficultez : Et de fait, apres vne infinité de peines, apres beaucoup d'allées & de venuës, l'affaire fut concluë auec *le Merite & la Raison*, Pere & Mere de *la Recompense*, lesquels apres y auoir bien pensé, & auoir examiné les qualitez de leur Fille & de son Amant, l'amour reciproque qu'ils se portoient, les fatigues que *le Trauail* auoit souffertes auec tant d'assiduité, de patience, & de perseuerance, *la Vertu* s'en estant aussi meslée, y donnerent volontiers leur consentement. Ils eurent mesme auis que cette affaire auoit esté resoluë par *le Ciel* Grand Pere de l'Epoux : Et en effet, *le Trauail & la Recompense* estoient tellement bien assortis, que l'on pouuoit dire qu'ils estoient naiz l'vn pour l'autre : aussi leur mariage fut parfaitement heureux, par la bonne intelligence où ils vescurent ; car *le Trauail*

conseruant pour sa Femme la mesme amour qu'il
luy auoit toûjours portée, auoit de continuels em-
pressemens pour estre en sa compagnie, & n'auoit
point de plus grand déplaisir que de ne la voir pas
assez souuent, encore ne la croyoit-il pas où il la
voyoit. Sa Femme n'en faisoit pas moins de son
costé, gardant vne conduite si reglée & si judicieuse,
qu'elle ne luy donna iamais aucune occasion de
chagrin, & ne voulut iamais se trouuer en aucun
lieu, que son Mary n'y fut aussy.

Ce mariage fut encore heureux par sa fecondité,
car il en sortit trois enfans, deux Filles, & vn Fils.
Le Fils, qui estoit le cadet, s'appelloit *le Repos* : il
estoit bien fait de sa personne, agreable, insinuant,
bien venu par tout où il alloit : sa noblesse & ses belles qualitez le faisoient considerer, estimer, & desirer de tout le monde, & principalement des Gens
riches. Il n'auoit pas l'humeur si altiere & si genereuse que ses Sœurs : il ne hantoit que des Personnes pacifiques & peu entreprenans comme luy. Son
Pere en estoit fort sâché, & faisoit tout son possible
pour le rendre plus agissant qu'il n'estoit ; mais il
fuyoit sa presence, parce qu'il le sollicitoit sans cesse
de faire quelque chose, & ne luy donner aucun relâche : ce qui deuint tellement insuportable au *Re-*
pos, & son humeur ne pouuant souffrir dauantage
celle de son Pere qui luy estoit si fort oposée, il en
conceut vn tel dépit, que s'estant joint auec *la Pa-*
resse, auec laquelle il auoit noüé vne étroite amitié,
ils firent dessein ensemble de luy oster la vie. *Le*
Trauail son Pere, vigilant comme il estoit, ne fut pas
longtemps sans découurir cette conjuration ; dequoy n'estant que trop asseuré, il chassa ce Fils dé-
naturé d'auprès de luy, sans vouloir iamais le reuoir:

& *le Repos* touché de repentir, ou pouſſé par quelqu'autre motif, ſe retira chez des Perſonnes dé-
uoüées au ſeruice des Dieux, où il a toûjours demeuré.

Les deux Filles *du Trauail* eſtoient *la Gloire* & *la
Volupté,* toutes deux fort belles Perſonnes, reſſem-
blant entierement à leur Mere *la Recompenſe,* & de
telle ſorte, que ſouuent l'on les prenoit pour elle;
ce qui faiſoit qu'elle les aimoit beaucoup. *Le Trauail*
les aimoit auſſi vniquement, tant pour leur propre
merite, que pour cette reſſemblance, qui le faiſoit
reſſouuenir de ſes premieres amours. Les Filles de
leur coſté répondoient parfaitement à cette amitié,
& ne quittoient preſque iamais leur Pere & Mere en
quelque lieu qu'ils puiſſent aller, ſoit chez les parti-
culiers, ſoit chez les Princes & Monarques, où ils ſe
plaiſoient dauantage de faire leur demeure, & où ils
eſtoient fort bien venus, ſe trouuant auec eux indiferemment aux affaires de la Guerre & de la Paix,
dans les Batailles & dans les Conſeils. Il eſt vray
que *la Volupté* n'auoit pas le cœur ſi fier que *la Gloire*
ſa Sœur ; car au lieu que *la Gloire* ne ſongeoit qu'à
des choſes éleuées, & ne vouloit frequenter que les
Grands, ou des Gens de grand eſprit, ayant beaucoup de mépris pour toute autre choſe, *la Volupté*
au contraire ſe plaiſoit à tout, aimant autant les
affaires de neant, que celles d'importances; les Gens
d'eſprit mediocre, que ceux qui en ont beaucoup;
les petits, que les grands, careſſant également vn
chacun ; ce qui luy gagnoit le cœur de tout le monde : Et comme de ſon naturel elle eſtoit fort cu-
rieuſe, elle ſe plaiſoit à faire de petits voyages en ſon
particulier chez des Gens qui eſtoient bien aiſes de
l'auoir en leur compagnie, pourueu qu'elle ne fut

point auec ſon Pere & ſa Sœur, dont l'auſterité leur
donnoit trop de contrainte. Ces petites parties
donnerent vne grande atteinte à ſa reputation, n'eſ-
tant pas poſſible de voir vne Fille bien faite hanter
ſi familierement auec tant de monde ſans en parler:
Mais ce qui penſa la ruiner entierement, ce fut qu'en
ce meſme temps vne Fille débauchée qui auoit
quelque air du viſage de *la Volupté*, mais beaucoup
d'affeterie, ſe mit en l'eſprit de prendre le meſme
nom pour ſe donner vne plus facile entrée en toutes
ſortes de lieux. Elle eſtoit Fille *du Loiſir & de la Débauche*, Gens du neant & du dernier mépris; &
comme elle n'auoit ny naiſſance ny honneur, elle
ſe meſla indiferemment auec toute ſorte de monde,
menant vne vie ſi infame & ſi déreglée, qu'elle paſſe
pour vne perduë. Cette reſſemblance de noms fit
que l'on attribuoit à la veritable *Volupté* tous les deſordres de la fauſſe, & ce qui l'obligea d'auoir de
grands éclairciſſemens auec ſon Pere *le Trauail*, qui
ſe trompoit comme tout le reſte du monde à cette
reſſemblance : mais ſon innocence pour toutes les
choſes dont l'on l'accuſoit, luy donnoit vne grande
aſſeurance pour ſe juſtifier, elle fit connoiſtre à ſon
Pere que la pluſpart de ceux qu'elle hantoit le plus,
eſtoient de ſes meilleurs Amis & de ſes Anceſtres,
la Vertu & le Sçauoir, & qu'elle eſtoit cherie de toute
vne Secte de Philoſophes; & qu'enfin elle ne voyoit
que des Gens dont les mœurs eſtoient loüables &
dans l'ordre.

AV LIBRAIRE.

IE donnay hier à voſtre Homme la Genealogie du
Trauail & de la Volupté, que i'eſtime fort exacte ; &
ie ne croy pas qu'il ſoit neceſſaire d'y joindre la preuue,
comme ie vous auois promis de faire. Elle m'a donné
plus de peine que ie n'auois crû ; car ie m'eſtois ima-
giné qu'allant aux lieux où ie voyois que le Trauail fre-
quente le plus, comme chez les Ouuriers, chez les Gens
de Iudicature ou de Lettres, ou chez les Nobles, ie
ſçaurois toutes choſes : mais au contraire ie n'y ay rencontré que des obſcuritez & des doutes. Les premiers
connoiſſent aſſez le Trauail, & quelque peu la Recompenſe ſa Femme, encore eſt-ce ſous vn autre nom. Ils
ne connoiſſent pas vn de ſes enfans ; & pour ſes Anceſtres, ils ſçauent ſeulement qu'il deſcend en droite
ligne du Ciel & de la Neceſſité. Les Gens de Iudicature & de Lettres le connoiſſent auſſi fort bien, & de-
meurent d'accord de ſes Anceſtres le Ciel & la Neceſſité, & croyent auſſi qu'il auoit pour Mere la Vertu :
mais les vns luy donnent la Gloire pour Femme, & les
autres la Recompenſe. Les autres veulent que la Recompenſe ſoit ſa Fille vnique. Les Nobles diſent que
le Trauail n'a iamais connu la Gloire, & qu'elle ne peut
eſtre ny ſa Femme ny ſa Fille : mais à l'égard de la
Volupté, ie dis de la veritable. ie n'ay preſque trouué
perſonne qui l'euſt connuë. Ils ſe méprennent tous dans
la reſſemblance de la fauſſe, ou de la veritable, & ſe
ſont tous moquez d'eux, quand ie leur ay aſſeuré qu'elle
eſtoit Fille du Trauail, diſant qu'au contraire elle eſtoit

ſa plus mortelle ennemie, & qu'ils ne s'eſtoient iamais
mêlez enſemble. Ces diuerſitez m'ayant mis en peine,
ie ſongeay que le Trauail ayant eu ces jours paſſez quelque affaire au ſujet de ſa nobleſſe que l'on luy vouloit
conteſter, ie pouuois trouuer ſa veritable Genealogie au
Greffe de la Compagnie qui juge de ces matieres : & de
fait i'y ay trouué tout ce que ie vous ay écrit; & de plus
i'ay appris que lors qu'il fallut juger ſi le Trauail eſtoit
noble ou non, les auis de l'Aſſemblée ſe trouuant parta-
gez, il fallut en faire le rapport deuant ce Heros de
noſtre Siecle, lequel par cette connoiſſance qu'il a de
toute choſe, eut bientoſt decidé l'affaire, faiſant declarer Noble le Trauail, & ordonner qu'il ſeroit par tout
tenu pour tel. Il fit voir qu'il eſtoit Noble du coſté de
ſa Mere la Vertu Fille du Ciel, & du coſté de ſon Pere
le Sçauoir Fils d'Apollon, & de Memnoſine la Mere des
Muſes. Il témoigna connoiſtre ſa Femme la Recompenſe, & ſa Fille la Gloire, & les auoir veus aſſez ſouuent à la Cour pres la perſonne du Roy qu'ils accompagnent ordinairement, & meſme d'en auoir receu des
viſites aſſez particulieres de la part de Sa Majeſté. Il
auoüa auſſi connoiſtre la veritable Volupté, & qu'il la
reccuoit quelquefois dans ſa Maiſon, auec ſa Famille,
mais toûjours en la compagnie de ſon Pere le Trauail;
Qu'il n'auoit iamais ny veu ny connu la fauſſe Volupté,
de laquelle il établit ſi clairement la diference d'auec
la veritable, qu'il eſtoit aiſé de juger qu'il ne s'eſtoit
iamais laiſſé tromper à cette reſſemblance; & voulut
que toute cette Genealogie fut inſinuée dans le Regiſtre
du Greffe où ie l'ay priſe. Ie croy qu'apres le témoi-
gnage d'vn ſi excellent Homme, qui ne s'eſt iamais mépris dans ſes opinions, & qui ſans contredit connoiſt
mieux le Trauail que perſonne du Monde, il ſeroit inutile de joindre la preuue à cette Genealogie; & ceux

peut-estre qui en voudront douter, pouront rechercher
si bon leur semble dans tels Titres qu'il leur plaira, ie
ne croy pas qu'il trouue autre chose, si ce n'est à l'égard
de la veritable Volupté, où cette ressemblance qu'elle a
d'auec la fausse, cause beaucoup d'obscurité. Pour moy
ie ne suis pas d'auis de me mettre dauantage en peine
pour cela, & de m'empresser fort de rendre office à vne
Personne que ie n'ay iamais pratiquée, & qui ne m'a
iamais fait aucun plaisir. I'en puis bien dire autant du
Trauail, de qui ie n'ay nul sujet de me loüer; au contraire, ie veux bien qu'il sçache que ie suis fort mal
content de son procedé auec moy; car depuis si longtemps que nous nous connoissons, & que nous auons esté
ensemble, il ne m'a iamais fait la moindre amitié. Iamais sa Femme la Recompense ne m'a fait l'honneur de
me rendre vne seule visite, comme elle fait à tant d'autres; ce que tout le monde a trouué assez étrange.
Quand ie la rencontre quelquefois auec son Mary aux
lieux où ie vais, elle ne fait pas semblant de me recon-
noistre. La Gloire sa Fille n'est pas de cette humeur, du
moins me fait-elle bon visage : aussi voit-elle bien que
les attachemens que i'ay eus auec toute sa Famille estoient plus pour sa consideration, que pour celle de sa
Mere : mais ma consolation est, que le Ciel, leur Grand
Pere, sçait tout ce que i'ay fait pour eux, & ie suis assuré
qu'il m'en sçaura gré. L'on me dit l'autre jour que la
Necessité auoit eu enuie de me rendre visite; car ie sçay
qu'elle a de coustume de visiter ceux qui se plaignent de
ses enfans, mais ie serois marry qu'elle se fut donné cette
peine. Ie pars demain pour aller à ma Maison d'Irene,
où ie fais estat de demeurer le plus que ie pouray. Si
vous auez besoin de quelques autres éclaircissemens,
mandez-le moy, ie vous les enuoyeray, nonobstant mon
chagrin, puis qu'il y va de mon honneur. Ie suis, &c.

F I N.

9 782014 438291